Arthur Conan Doyle

Une affaire d'identité

Texte et illustration de couverture : © domaine public
Edition : Culturea (Hérault, 34)
Contact : infos@culturea.fr
Retrouvez notre catalogue sur http://culturea.fr
Imprimé en Allemagne par Books on Demand
Design typographique : Derek Murphy
Layout : Reedsy (https://reedsy.com/)

Dépôt légal : janvier 2023

ISBN : 9791041928019

Table des matières

Une affaire d'identité

Nous étions assis au coin du feu dans son logement de Baker Street, et Sherlock Holmes me dit :

« La vie, mon cher, est infiniment plus étrange que tout ce que l'esprit humain pourrait inventer ! Il y a certaines choses que nous n'oserions pas concevoir, et qui sont pourtant de simples banalités de l'existence. Je suppose que nous soyons capables de nous envoler tous les deux par cette fenêtre : nous planerions au-dessus de Londres et nous soulèverions doucement les toits, nous risquerions un œil sur les choses bizarres qui se passent, sur les coïncidences invraisemblables, les projets, les malentendus, sur les merveilleux enchaînements des événements qui se sont succédé à travers les générations pour aboutir à des résultats imprévus à l'origine ; n'importe quel roman, avec ses développements conventionnels et son dénouement normal, nous paraîtrait par comparaison étriqué et intéressant.

– Je n'en suis pas encore tout à fait convaincu, répondis-je. Les intrigues et toutes les affaires que nous lisons sur du papier imprimé sont généralement assez plates. Prenez les rapports de police : le réalisme y est poussé jusqu'à l'extrême ; ils n'en sont pour cela ni passionnants ni riches en effets d'art...

– Pour produire un effet artistique, remarqua Holmes, la sélection et la discrétion sont indispensables. C'est ce qui manque dans un rapport de police, où la platitude du style de l'auteur ressort davantage que les détails, lesquels constituent cependant le fond de toute l'affaire. Je crois que la banalité est très anormale. »

Je secouai la tête en souriant :

« Je comprends très bien pourquoi vous professez cette opinion. Vous occupez la situation d'un conseiller officieux, vous aidez tous ceux qui, à travers trois continents, se débattent au sein d'énigmes indéchiffrables. Vous vous trouvez donc en contact avec l'étrange, le bizarre... Mais prenons le journal de ce matin : livrons-nous à une expérience pratique. Voyez ce titre : "La cruauté d'un mari envers sa femme". Il y a une demi-colonne de texte ; mais je n'ai pas besoin de la lire pour savoir que le sujet traité m'est parfaitement familier : je devine déjà la maîtresse, l'alcool, les disputes, les coups, le bruit, une logeuse au bon cœur et la sœur de charité... Les écrivains les plus réalistes ne pourraient rien imaginer de plus réel.

— Vous avez choisi malheureusement un mauvais argument pour étayer votre thèse ! dit Holmes en prenant le journal pour y jeter un coup d'œil. Il s'agit de l'affaire du divorce des Dundas : or, par hasard, on m'a demandé d'éclaircir quelques points en connexion avec ce petit drame. Hé bien ! le mari militait dans la Ligue antialcoolique ; il n'avait pas de maîtresse ; le seul côté blâmable de sa conduite était la détestable habitude qu'il avait prise de lancer, à la fin de chaque repas, son dentier à la tête de sa femme. Quel romancier moyen aurait imaginé cela ?... Un peu de tabac, docteur, pour vous aider à reconnaître que je viens de marquer un point contre vous ! »

Il me tendit une tabatière de vieil or ; au centre du couvercle s'étalait une grosse améthyste. Cette splendeur contrastait tellement avec la simplicité de ses goûts que je ne pus m'empêcher de m'en étonner.

« Ah ! me dit-il. J'oubliais que je ne vous avais pas vu depuis plusieurs semaines : c'est un petit souvenir que m'a envoyé le roi de Bohème pour me remercier des services que je lui ai rendus à propos d'Irène Adler.

— Et cette bague ? demandai-je en désignant un brillant magnifique qui scintillait à son doigt.

— Elle m'a été donnée par la famille régnante de Hollande ; mais l'affaire qui m'a valu cette récompense était délicate, très délicate... Je ne pourrais la raconter, même à vous qui avez eu la gentillesse de relater pour la chronique quelques-uns de mes petits problèmes.

– En avez-vous un sur le chantier, en ce moment ? demandai-je avec curiosité.

– Une douzaine, mais sans intérêt. Ils sont importants, vous comprenez ? mais nullement intéressants. Savez-vous ce que j'ai découvert ? Hé bien ! que c'est généralement dans les affaires peu importantes que l'observation peut le mieux se déployer, ainsi que cette vivacité dans l'analyse des causes et des effets qui donne à une enquête tout son piment. Les plus grands crimes sont les plus simples, car plus grand est le crime et mieux le mobile apparaît : c'est la règle. Parmi ces dix ou douze affaires sur le chantier, comme vous dites, en dehors d'une, assez embrouillée, qui m'a été soumise de Marseille, je ne vois rien qui présente de l'intérêt. Cependant il est possible que d'ici quelques minutes j'aie mieux à vous offrir, car, ou je me trompe fort, ou voici une cliente. »

Il s'était levé de son fauteuil et était allé se poster derrière le store pour plonger son regard dans la rue morne et incolore. Penché par dessus son épaule, j'aperçus sur le trottoir d'en face une forte femme qui s'était arrêtée. Un lourd boa pendait à son cou. Elle était coiffée d'un chapeau à larges bords, piqué d'une grande plume rouge, qu'elle portait sur l'oreille, selon la mode qu'avait coquettement lancée la duchesse de Devonshire. A l'abri de ce dais imposant, elle risquait des coups d'œil hésitants, énervés, vers nos fenêtres. Son corps oscillait d'avant en arrière et d'arrière en avant. Ses doigts tripotaient les boutons de ses gants. Tout à coup, comme si elle se jetait à l'eau, elle traversa la rue en courant, et un coup de sonnette retentit.

« J'ai déjà vu ce genre de symptômes, dit Holmes en lançant sa cigarette dans la cheminée. Oscillations sur le trottoir, cela signifie toujours affaire du cœur. Elle aimerait être conseillée, mais elle se demande si cette affaire n'est pas trop délicate pour être communiquée à quelqu'un. Et même à ce point, nous pouvons opérer encore une discrimination : quand une femme a été gravement bafouée par un homme, elle n'oscille plus, le symptôme habituel est un cordon de sonnette cassé. Pour ce cas-ci, nous pouvons supposer qu'il s'agit d'une affaire d'amour, mais que la dame est moins en colère qu'embarrassée ou affligée.

On frappa à la porte, et le groom annonça Mlle Mary Sutherland. La visiteuse surgit derrière la petite silhouette noire, comme un navire marchand aux voiles gonflées derrière un minuscule bateau pilote. Sherlock Holmes l'accueillit avec l'aisance et la courtoisie qu'il savait pousser jusqu'au raffinement. Il referma la porte sur elle, lui indiqua un fauteuil, et la regarda de cette façon minutieuse et pourtant abstraite qui n'appartenait qu'à lui.

« Ne trouvez-vous pas, dit-il, qu'avec votre myopie, c'est un petit peu pénible de taper tellement à la machine ?

– Oui, au début ; mais maintenant je tape sans regarder les touches. »

Elle avait répondu sans réaliser la portée exacte des paroles de Sherlock Holmes. Mais à peine avait-elle fermé la bouche qu'elle sursauta : ses yeux se posèrent avec effroi et ahurissement sur mon ami.

« On vous a parlé de moi, monsieur Holmes ! Autrement comment auriez-vous su cela ?

– Aucune importance ! dit Holmes en riant. C'est mon métier de connaître des tas de choses. Peut-être me suis-je entraîné à voir ce que d'autres ne voient pas... Sinon, d'ailleurs, pourquoi seriez vous venue me consulter ?

– Je suis venue vous voir, monsieur, parce que Mme Etherge m'a parlé de vous. Vous vous rappelez ? Vous avez si facilement retrouvé son mari alors que tout le monde, police comprise, le donnait pour mort !... Oh ! monsieur Holmes, je voudrais que vous fassiez autant pour moi ! Je ne suis pas riche, mais je jouis en propre de cent livres par an, et je gagne un supplément en tapant à la machine. Je donnerais tout pour savoir ce qu'est devenu M. Hosmer Angel.

– Pourquoi êtes-vous partie avec une pareille précipitation ? » demanda Sherlock Holmes.

Il avait rassemblé les extrémités de ses dix doigts, et il contemplait le plafond. L'étonnement bouleversa encore une fois les traits quelconques de Mlle Mary Sutherland.

« Oui, dit-elle. Effectivement, je me suis précipitée hors de chez moi parce que j'étais furieuse de voir M. Windibank, mon père, prendre la chose aussi facilement. Il ne voulait pas avertir la police, il ne voulait pas aller vous voir ! Alors moi, finalement, comme il ne faisait rien, et qu'il se bornait à m'affirmer qu'il n'y avait pas de mal, je me suis mise en colère, j'ai filé droit chez vous.

– Votre père ? observa Holmes. Votre beau-père, sans doute, puisque vous ne portez pas le même nom.

– Oui, mon beau-père. Je l'appelle père, bien que cela sonne bizarrement ; il n'a que cinq ans et deux mois de plus que moi.

– Et votre mère vit toujours ?

– Oh ! oui. Maman vit toujours, et elle se porte bien. Ça ne m'a pas fait plaisir, monsieur Holmes, quand elle s'est remariée si tôt après la mort de papa : surtout qu'il s'agissait d'un homme qui avait quinze ans de moins qu'elle. Papa était plombier à Tottenham Court Road ; il a laissé derrière lui une affaire en ordre. Maman l'a continuée avec son contremaître, M. Hardy. Mais il a suffi que M. Windibank survienne pour qu'elle vende son affaire ; il lui était très supérieur : c'est un courtier en vins ! Ils en ont tiré quatre mille sept cents livres pour la clientèle et pour le fonds : si papa avait vécu, il en aurait tiré bien davantage, lui ! »

Je m'attendais à ce que Sherlock Holmes témoignât de l'impatience devant un récit aussi décousu, mais je le vis au contraire qui concentrait son attention au maximum.

« Votre petit revenu, demanda-t-il, vient-il de l'affaire ?

— Oh ! non, monsieur. Il n'a rien à voir avec elle. C'est un héritage de mon oncle Ned, d'Auckland. Des valeurs de Nouvelle Zélande, qui me rapportent 4, 5 %. Le total faisait deux mille cinq cents livres, mais je touche juste l'intérêt.

— Cette histoire me passionne, dit Holmes. Voyons ! Cent livres, bon an mal an, vous parviennent ; de plus vous gagnez un peu d'argent, il vous arrive donc de faire des petits voyages et de vous offrir quelques fantaisies. Il me semble qu'une jeune fille seule peut très bien s'en tirer avec un revenu voisinant soixante livres.

— Je pourrais me débrouiller encore avec beaucoup moins, monsieur Holmes ! Mais aussi longtemps que je vivrai à la maison, je ne veux pas être à charge : aussi c'est eux qui encaissent. Bien sûr, cette convention n'est valable que tant que je resterai à la maison. Tous les trimestres, M. Windibank touche mes intérêts, les rapporte à maman. Moi, je me suffis avec ce que je gagne en tapant à la machine à écrire : à deux pence la page. Et je tape souvent de quinze à vingt pages par jour.

— Vous m'avez très bien décrit votre situation, dit Holmes. Mais vous pouvez parler devant le docteur Watson, qui est mon ami, aussi librement qu'à moi-même. S'il vous plaît, abordons, à présent, le chapitre de vos relations avec M. Hosmer Angel. »

Mlle Mary Sutherland rosit légèrement ; ses doigts s'agitèrent sur le bord de son chemisier ; tout de même elle commença :

« Je l'ai rencontré la première fois au bal des employés du gaz. Ils avaient l'habitude d'envoyer des places à papa de son vivant ; ils se souvinrent de nous après sa mort, et ils les adressèrent à maman. M. Windibank ne tenait pas à ce que nous y allions. D'ailleurs il ne tenait pas à ce que nous allions nulle part. Si j'avais voulu, par exemple, sortir avec mes camarades de l'école du dimanche, il serait devenu fou ! Mais cette fois j'étais décidée à aller au bal, et j'irais ! De quel droit m'en empêcherait-il ? Il prétendait que ce bal n'était pas fréquenté par des gens pour nous ; or, tous les amis de papa y étaient. Il me dit aussi que je n'avais rien à me mettre, alors que j'avais ma robe de panne rouge que je n'avais pas encore étrennée. A la fin, comme je ne voulais pas changer d'avis, il partit pour la France en voyage d'affaires pour sa firme ; mais maman et moi, nous nous fîmes accompagner de M. Hardy, l'ancien contremaître de papa, et nous allâmes au bal : ce fut là que je rencontrai M. Hosmer Angel.

– Je pense, dit Holmes, que lorsque M. Windibank rentra de France, il fut très fâché d'apprendre que vous étiez allée au bal.

– Oh ! il se montra très gentil ! Il rit, je m'en souviens, et il haussa les épaules. Il dit même que c'était bien inutile d'empêcher une femme de faire ce qui lui plaisait, car elle se débrouillait toujours.

– Bon. Donc, à ce bal des employés du gaz, vous avez rencontré un gentleman du nom de Hosmer Angel ?

– Oui, monsieur. Je l'ai rencontré ce soir-là ; le lendemain il vint nous rendre visite pour savoir si nous étions bien rentrées ; après quoi nous l'avons revu... C'est-à-dire, monsieur Holmes, je l'ai revu deux fois et nous nous sommes promenés ensemble. Mais ensuite mon père est rentré, et M. Hosmer Angel ne pouvait plus revenir à la maison.

– Non ?

– Parce que, vous comprenez, mon père n'aimait pas beaucoup ces choses-là. S'il avait pu, il n'aurait jamais reçu de visiteurs. Il disait qu'une femme devait se contenter du cercle de famille. Mais, comme je l'ai dit souvent à maman, une femme voudrait bien commencer à le créer, son propre cercle ! Et moi, je n'avais pas encore commencé le mien.

– Et ce M. Hosmer Angel n'a-t-il pas cherché à vous revoir ?

– Voilà : mon père devait repartir pour la France pendant une semaine. Hosmer m'écrivit qu'il serait plus raisonnable de ne pas nous voir avant son départ. Mais nous correspondions ; il m'écrivait chaque jour. C'était moi qui prenais les lettres le matin dans la boîte ; aussi, mon père n'en savait rien.

– A cette époque, étiez-vous fiancée à ce gentleman ?

– Oh ! oui, monsieur Holmes ! Nous nous étions fiancés dès notre première promenade. Hosmer... M. Angel... était caissier dans un bureau de Leadenhall Street... et...

– Quel bureau ?

– Voilà le pire, monsieur Holmes : je ne le sais pas.

– Où habitait-il alors ?

– Il dormait là où il travaillait.

– Et vous ne savez pas son adresse ?

– Non. Sauf que c'était Leadenhall Street.

– Où adressiez-vous vos lettres ?

– Au bureau de poste de Leadenhall Street, poste restante, il disait que si je lui écrivais au bureau, tous les autres employés se moqueraient de lui, Alors je lui ai proposé de les taper à la machine, comme il faisait pour les siennes. Mais il n'a pas voulu : il disait que quand je les écrivais moi-même, elles semblaient bien venir de moi, mais que si je les tapais à la machine, il aurait l'impression que la machine à écrire se serait interposée entre nous deux. Ceci pour vous montrer, monsieur Holmes, combien il m'aimait, et à quelles petites choses il songeait.

– Très suggestif ! opina Sherlock Holmes. J'ai toujours pris pour un axiome que les petites choses avaient une importance capitale. Vous ne pourriez pas vous rappeler encore d'autres petites choses sur M. Hosmer Angel ?

– C'était un garçon très timide, monsieur Holmes. Ainsi, il préférait sortir avec moi le soir plutôt qu'en plein jour : il disait qu'il détestait faire des envieux. Il avait du tact, et des bonnes manières. Jusqu'à sa voix qui était douce. Il avait eu des angines et les glandes engorgées dans son enfance, paraît-il, et ça lui avait laissé une gorge affaiblie : il parlait un peu en chuchotant, en hésitant... Et toujours bien mis, très propre, et simplement... Il n'avait pas une bonne vue, lui non plus ; il portait des lunettes teintées pour se protéger les yeux.

– Bien. Et qu'arriva-t-il lorsque votre beau-père, M. Windibank, rentra de France ?

– M. Hosmer Angel était revenu à la maison, et il m'avait proposé de nous marier avant le retour de mon père. Il était terriblement pressé, et il me fit promettre, les mains posées sur la Bible, que quoi qu'il arrive, je lui serais toujours fidèle. Maman déclara qu'il avait raison de me faire promettre, et que c'était une belle marque d'amour. Maman était pour lui depuis le début ; elle en était même plus amoureuse que moi. Puis, quand ils envisagèrent notre mariage dans la semaine, je demandai comment mon père prendrait la chose. Ils me répondirent tous deux que je n'avais pas à m'inquiéter du père, que je lui annoncerais mon mariage ensuite, et maman me dit qu'elle s'en arrangerait avec lui. Cela, monsieur Holmes, ne me plaisait pas beaucoup. Il semblait bizarre que j'eusse à lui demander l'autorisation puisqu'il était à peine plus âgé que moi. Mais je voulais agir au grand jour. Alors je lui écrivis à Bordeaux, où la société avait ses bureaux français ; mais la lettre me fut retournée le matin même de mon mariage.

— Il ne la reçut donc pas ?

— Non, monsieur. Il était reparti pour l'Angleterre juste avant l'arrivée de ma lettre à Bordeaux.

— Ah ! voilà qui n'est pas de chance ! Votre mariage était donc prévu pour le vendredi. A l'église ?

— Oui, monsieur, mais sans cérémonie. Il devait avoir lieu à Saint-Sauveur, près de King's Cross, et nous aurions eu ensuite un lunch à l'Hôtel Saint-Pancrace. Hosmer vint nous chercher en cab ; mais comme j'étais avec maman, il nous fit monter et sauta lui-même dans un fiacre à quatre roues qui semblait être le seul fiacre de la rue. Nous arrivâmes à l'église les premières ; quand le fiacre à quatre roues apparut, nous nous attendions à le voir descendre, mais personne ne bougeait, le cocher regarda à l'intérieur de la voiture : Hosmer n'y était plus ! Le cocher dit qu'il n'y comprenait rien, qu'il l'avait pourtant vu monter de ses propres yeux... Ceci se passait vendredi dernier, monsieur Holmes, et je n'ai eu depuis aucune nouvelle ; le mystère de sa disparition reste entier !

– Il me semble que vous avez été bien honteusement traitée !
dit Holmes.

– Oh ! non, monsieur ! Il était trop bon et trop honnête pour
me laisser ainsi. Comment ! Toute la matinée il n'avait pas cessé
de me répéter que, quoi qu'il puisse arriver, je devais lui rester
fidèle ; que même si un événement imprévu nous séparait, je
devais me souvenir toujours que nous étions engagés l'un à l'autre
et que tôt ou tard il réclamerait ce gage... C'est peut-être une
curieuse conversation pour un matin de noces ; mais les
circonstances lui ont donné tout son sens !

– En effet, tout son sens ! Votre opinion est donc qu'il a été
victime d'une catastrophe imprévue ?

– Oui, monsieur. Je crois qu'il prévoyait un danger ; sinon il
ne m'aurait pas tenu ces propos. Et je pense que ce qu'il prévoyait
s'est produit.

– Mais vous n'avez aucune idée de ce qu'il prévoyait ?

– Aucune.

– Encore une question. Comment votre mère prit-elle la
chose ?

– Elle était furieuse. Elle me dit qu'il ne fallait plus que je
m'avise de lui reparler de Hosmer.

– Et votre père ? L'avez-vous mis au courant ?

– Oui. Il pensa, comme moi, que quelque chose s'était produit
et il m'affirma que j'aurais sous peu des nouvelles de Hosmer.
Ainsi qu'il me l'a dit : « Quel intérêt aurait un homme à te mener
à la porte de l'église, puis à t'abandonner ? » D'autre part, s'il
m'avait emprunté de l'argent, ou si nous nous étions mariés et si

j'avais mis mon argent sur son compte, c'aurait pu être une raison. Mais Hosmer et moi n'avons jamais parlé d'argent... Pourtant, monsieur, qu'est-ce qui a pu se passer ? Pourquoi ne m'a-t-il pas écrit ? Je deviens folle quand j'y pense ! Et je ne peux plus fermer l'œil.

– Je vais prendre cette affaire en main, dit Holmes en se mettant debout. Et je ne doute pas que nous n'obtenions un résultat décisif. Ne faites plus travailler votre cerveau : je me charge de tout. Mais d'abord, tâchez d'effacer M. Hosmer Angel de votre mémoire, aussi complètement qu'il s'est effacé de votre vie.

– Alors... Vous croyez que je ne le reverrai plus ?

– Je crains que non.

– Mais qu'est-ce qui a pu lui arriver ?

– Je répondrai à cette question. J'aimerais avoir une description exacte de lui, et une des lettres qu'il vous a adressées.

– J'ai fait insérer une annonce sur lui dans le Chronicle de samedi dernier, dit-elle. Voici la coupure, et quatre lettres de lui.

– Merci. Votre adresse ?

– 31, Lyon Place, Camberwell.

– Vous n'avez jamais eu l'adresse de M. Angel, m'avez-vous dit. Où travaille votre père ?

– Il voyage pour Westhouse & Marbank, les grands importateurs de vins de Fenchurch Street.

– Merci. Votre déclaration a été très claire. Laissez vos lettres et la coupure ici, et rappelez-vous le conseil que je vous ai donné. Tout ceci doit être comme un livre scellé que vous n'ouvrirez plus jamais : il ne faut pas que votre vie en soit affectée.

– Je vous remercie, monsieur Holmes. Mais c'est impossible : je dois avoir confiance en Hosmer. Quand il reviendra, il me trouvera prête pour lui. »

En dépit du chapeau absurde et du visage un peu niais, il y avait quelque chose de noble, dans cette fidélité de notre visiteuse, qui forçait le respect. Elle posa sur la table son petit tas de papiers et s'en alla, après nous avoir promis qu'elle reviendrait à la première convocation.

Sherlock Holmes resta assis quelques instants silencieux ; il avait de nouveau rassemblé les extrémités de ses dix doigts ; ses longues jambes s'étiraient devant lui, il regardait fixement le plafond. Puis il retira de son râtelier la bonne vieille pipe qui était un peu sa conseillère. Il l'alluma, s'enfonça dans son fauteuil, envoya en l'air de larges ronds de fumée bleue... Son visage s'assombrit sous une sorte de langueur.

« Très intéressante à étudier, cette jeune fille ! dit-il. Je l'ai trouvée plus intéressante que son petit problème qui est, soit dit en passant, assez banal. Vous trouverez un cas analogue si vous consultez mon répertoire à Andover en 1877, et un autre, presque le même, à La Hague l'an dernier. Pour aussi usée que soit l'idée, toutefois il y a eu aujourd'hui un ou deux détails assez nouveaux pour moi. Mais la jeune fille elle-même m'a appris bien davantage.

– On dirait que vous avez lu sur elle des tas de choses qui sont demeurées pour moi tout à fait invisibles, hasardai-je.

– Pas invisibles : mais vous ne les avez pas remarquées, Watson. Vous ne savez pas regarder, c'est ce qui vous fait manquer l'essentiel. Je désespère de vous faire comprendre un jour l'importance des manches, ou ce que peut suggérer un ongle de pouce, voire un lacet de soulier. Qu'avez-vous déduit de l'allure de cette femme ? Décrivez-la moi, d'abord.

– Voyons : elle avait un chapeau à larges bords, couleur gris ardoise, avec une plume rouge brique. Sa jaquette était noire, avec des perles noires, cousues dessus, et bordée d'une parure noire comme du jais. Elle avait une robe brune, plus foncée que couleur café, avec une petite peluche pourpre au cou et aux manches. Ses gants étaient gris, usés à l'index droit. Je n'ai pas observé ses souliers. Elle porte des petites boucles d'oreilles en or. Elle est d'apparence aisée, quoique vulgaire, confortable. »

Sherlock Holmes battit des mains, et gloussa ironiquement.

« Ma parole, Watson, vous êtes en gros progrès ! En vérité vous n'avez pas oublié grand-chose : sauf un détail d'importance, mais je vous félicite pour votre méthode, et vous avez l'œil juste pour la couleur. Ne vous fiez jamais à une impression générale, cher ami, mais concentrez-vous sur les détails. Mon premier regard, s'il s'agit d'une femme, est pour ses manches. S'il s'agit d'un homme, pour les genoux du pantalon. Vous l'avez remarqué, cette femme avait de la peluche sur ses manches, et la peluche est un élément très utile, car elle conserve des traces. Ainsi la double ligne, un peu au-dessus du poignet, à l'endroit où la dactylo appuie contre la table. La machine à coudre, à la main, laisse une marque semblable, mais seulement sur le bras gauche et du côté le plus éloigné du pouce. Ensuite j'ai examiné son visage et j'ai constaté la trace d'un pince-nez ; j'ai aventuré une remarque sur sa myopie et sur la machine à écrire ; elle en a été fort étonnée.

– Moi aussi.

– Pourtant cette remarque allait de soi. J'ai ensuite été surpris, et intéressé, en faisant descendre mon regard vers les souliers : c'étaient d'étranges souliers ! Je ne dis pas qu'ils appartenaient à deux paires différentes ; mais l'un avait un bout rapporté à peine nettoyé, et l'autre propre. De ces souliers, qui étaient d'ailleurs des bottines, l'un était boutonné seulement par les deux boutons inférieurs, et l'autre aux premier, troisième et cinquième boutons. Hé bien ! Watson, quand on voit une jeune dame, par ailleurs vêtue avec soin, sortir de chez elle dans un pareil désordre de chaussures, il n'est pas malin de penser qu'elle est partie en grande hâte.

– Et quoi encore ? demandai-je, vivement intéressé une fois de plus par la logique incisive de mon camarade.

– J'ai remarqué, en passant, qu'elle avait écrit une lettre ou une note avant de sortir, mais alors qu'elle était habillée. Vous avez observé que son gant droit était usé à l'index, mais vous n'avez pas vu qu'à la fois le gant et le doigt étaient légèrement tachés d'encre violette. Elle était pressée, et elle a enfoncé trop loin sa plume dans l'encrier. Cela ne doit pas remonter à plus tard que ce matin ; autrement la trace n'aurait pas été si nette. Tout ceci est bien amusant ! Un peu élémentaire, sans doute... Mais il faut que je me mette au travail, Watson. Auriez-vous l'obligeance de me lire le texte de l'annonce qui donne la description de M. Hosmer Angel ? »

J'approchai la petite coupure de la lampe, et je lus :

« Titre *"On recherche..."* Voici le texte : *"Un gentleman, nommé Hosmer Angel a disparu depuis le 14 au matin. Taille à peu près 1, 70 m : bien bâti, teint jaune, cheveux noirs, début de calvitie au sommet, favoris noirs et moustache. Lunettes teintées. Léger défaut de prononciation. La dernière fois qu'il fut aperçu, portait une redingote noire, bordée de soie, un gilet noir, une chaîne de montre en or, des pantalons gris de tweed écossais, des guêtres brunes sur des souliers à côtés élastiques. A été employé dans un bureau de Leadenhall Street. Toute personne qui pourra contribuer, etc."*

– Cela suffit, dit Holmes. Passons aux lettres... Elles sont d'une banalité ennuyeuse, et ne nous apprennent rien sur M. Angel, sauf qu'en une occasion il cite Balzac. Cependant, voici un détail important qui vous frappera sans doute.

– Elles sont tapées à la machine à écrire...

– Certes ; mais la signature également est tapée à la machine à écrire. Voyez ce net petit "Hosmer Angel", au bas. Il y a bien la date, mais pas l'adresse, sauf Leadenhall Street, ce qui est assez vague. Ce détail de la signature est très suggestif ; je devrais dire : concluant !

– En quoi ?

– Mon cher ami, est-il possible que vous ne discerniez point son importance ?

– Je ne saurais vous dire que je discerne quelque chose, sauf, peut-être, que ce monsieur voulait se réserver la possibilité de renier sa signature pour le cas où serait engagée une action judiciaire pour rupture de contrat.

– Non, ce n'est pas cela. Tout de même, je vais écrire deux lettres qui devraient résoudre le problème. L'une à une firme de la City, l'autre au beau-père de la jeune demoiselle, pour lui demander de nous rencontrer demain soir à six heures. C'est beaucoup mieux d'avoir affaire à des hommes ! Et maintenant, docteur, nous ne pouvons rien faire avant d'avoir reçu réponse à ces deux lettres ; d'ici là, rangeons ce petit problème dans un tiroir que nous fermerons à clé. »

J'avais eu tellement de bonnes raisons de me fier à la subtilité du raisonnement de mon ami ainsi qu'à l'énergie de son activité que je sentis qu'il ne devait pas manquer de bases solides pour traiter avec cette sorte de désinvolture le singulier mystère qui lui avait été soumis. Je ne l'avais vu se tromper qu'une fois, dans l'affaire du roi de Bohème et de la photographie d'Irène Adler. Et si je me reportais aux péripéties du *Signe des Quatre*, ou de l'*Etude en Rouge*, je me disais qu'il n'existait pas au monde une énigme qu'il ne fut capable de déchiffrer.

Je le laissai donc en tête à tête avec sa pipe noire. J'avais la conviction que, lorsque je reviendrais le lendemain soir, je le trouverais tenant dans sa main les divers fils qui lui permettraient de découvrir le fiancé de Mlle Mary Sutherland.

Toute mon attention fut d'ailleurs requise par un cas médical d'une extrême gravité, et je passai presque toute la journée au chevet du malade. Je ne pus me libérer que quelques minutes avant six heures, mais je sautai dans un fiacre et me fis conduire à Baker Street. Je ne voulais pas manquer d'assister au dénouement de l'affaire. Sherlock Holmes était seul ; il dormait à moitié, pelotonné au fond de son fauteuil. Une formidable armée de bouteilles et d'éprouvettes, parmi des relents d'acide chlorhydrique, m'apprit qu'il avait consacré sa journée à ses chères expériences chimiques.

« Hé bien ! vous avez trouvé ? demandai-je en entrant.

– Oui. C'était le bisulfate de baryte.

– Non, non : la clé de l'énigme ?

– Ah ! l'énigme ? Je pensais au sel sur lequel j'ai travaillé. Mais il n'y a jamais eu d'énigme, mon cher ! Bien que quelques détails m'aient intéressé, comme je vous le disais hier. Ce qui m'ennuie, c'est qu'aucune loi, je le crains, ne doit s'appliquer au coquin.

– Qui est-ce donc ? Et pourquoi a-t-il abandonné Mlle Sutherland ? Ma phrase n'était pas terminée, et Holmes ouvrait déjà la bouche pour me répondre, que nous entendîmes un bruit de pas dans le couloir ; quelqu'un frappa à la porte.

– Voilà le beau-père de la demoiselle, M. James Windibank, annonça Holmes. Il m'avait répondu qu'il serait là à six heures. Entrez ! »

Le visiteur était un homme robuste, de taille moyenne. Il paraissait trente ans. Sur son visage jaunâtre, ni moustache, ni barbe, ni favoris. Il avait l'allure doucereuse, insinuante. Ses yeux gris étaient magnifiques de vivacité et de pénétration. Il nous décocha à chacun un regard interrogateur, posa son chapeau sur le buffet, s'inclina légèrement et se laissa glisser sur la chaise la plus proche.

« Bonsoir, monsieur James Windibank, dit Holmes. Je suppose que cette lettre tapée à la machine, qui confirme notre rendez-vous pour six heures, est bien de vous ?

– Oui, monsieur. Je suis un peu en retard, mais je ne suis pas mon maître, n'est-ce pas ? Vous me voyez désolé que Mlle Sutherland vous ait ennuyé avec cette petite affaire ; il me semble en effet préférable de ne pas étaler son linge sale en public. C'est tout à fait contre ma volonté qu'elle est venue ; mais elle a un naturel impulsif, émotif, comme vous avez pu le remarquer, et il est difficile de la raisonner quand elle a pris une décision. Bien sûr, je suis moins gêné que ce soit à vous qu'elle se soit adressée, puisque vous n'avez rien à voir avec la police officielle, mais je ne trouve pas agréable que l'on fasse tant de bruit autour d'un malheur de famille. Enfin, il s'agit là de frais inutiles : car comment pourriez-vous retrouver cet Hosmer Angel ?

– Au contraire, dit paisiblement Holmes. J'ai toute raison de croire que je réussirai à découvrir M. Hosmer Angel. »

M. Windibank sursauta et laissa tomber ses gants.

« Je suis ravi de cette nouvelle ! dit-il.

– C'est étonnant, fit Holmes, comme les machines à écrire possèdent leur individualité propre ! presque autant que l'écriture humaine. A moins qu'elles ne soient tout à fait neuves, elles n'écrivent jamais de la même façon. Certaines lettres sont plus usées que d'autres, il y en a qui ne s'usent que d'un côté... Tenez, dans votre lettre, monsieur Windibank, sur tous les *e* on relève une petite tache ; de même les *t* ont un léger défaut à leur barre. J'ai compté quatorze autres caractéristiques ; ces deux-là sautent aux yeux.

– C'est sur cette machine qu'au bureau nous faisons toute notre correspondance ; indubitablement elle n'est plus en très bon état. »

Tout en répondant, notre visiteur pesa sur Holmes de toute l'acuité de son regard.

« Et maintenant je vais vous montrer, monsieur Windibank, une étude réellement très intéressante, poursuivit Holmes. Je compte écrire bientôt une brève monographie sur la machine à écrire et son utilisation par les criminels. C'est un sujet auquel j'ai accordé quelques méditations. J'ai ici quatre lettres qui m'ont été présentées comme émanant du disparu. Elles sont toutes tapées à la machine. Chacune présente les petites taches sur les *e* et des barres en mauvais état sur les *t*. Si vous consentez à prendre ma loupe, je vous montrerai les quatorze autres caractéristiques aux quelles je faisais allusion tout à l'heure. »

M. Windibank sauta de sa chaise et empoigna son couvre-chef.

« Je n'ai pas de temps à perdre pour une conversation aussi fantaisiste, monsieur Holmes ! dit-il. S'il est en votre pouvoir de rattraper l'homme, rattrapez-le : quand ce sera fait, vous me préviendrez.

– Certainement ! fit Holmes en se levant et en fermant la porte à double tour. Apprenez donc que je l'ai rattrapé...

– Comment ! Où ? cria M. Windibank tout pâle et regardant autour de lui comme un rat pris au piège.

– Oh ! cela ne fait rien... Rien du tout ! dit Holmes non sans suavité. Il n'y a plus moyen de vous en tirer, monsieur Windibank. Tout était trop transparent, et vous m'avez fait un mauvais compliment quand vous avez avancé qu'il me serait impossible de résoudre un problème aussi simple. Allons ! Asseyez-vous, et parlons ! »

Notre visiteur s'effondra dans un fauteuil. Il était blême et de la sueur perlait sur son front.

« La... La justice ne peut rien contre moi ! bégaya-t-il.

– J'en ai peur. Mais entre nous, Windibank, le tour que vous avez joué est abominablement mesquin, cruel, et égoïste... Je vais retracer le cours des événements, et vous me corrigerez, si je me trompe. L'homme était blotti dans son fauteuil, avec la tête rentrée dans la poitrine. Littéralement aplati ! Holmes cala ses pieds contre le coin de la cheminée et, s'appuyant en arrière avec les deux mains dans les poches, commença à parler. J'avais l'impression qu'il se parlait à lui-même, plutôt qu'à nous.

– L'homme a épousé pour de l'argent une femme beaucoup plus âgée que lui, dit-il. Et il a joui de l'argent de la fille qui vivait avec eux. Cela faisait une somme considérable pour des gens dans leur situation ; s'ils la perdaient, la différence serait d'importance ; un effort méritait donc d'être tenté. La fille possédait un tempérament naturellement bon et aimable ; mais elle était sensible et elle avait, à sa manière, le cœur chaud. De toute évidence, en tenant compte de son attrait personnel et de sa petite fortune, il fallait s'attendre à ce qu'elle ne demeurât point longtemps célibataire. Or son mariage représentait, aux yeux de son beau-père, la perte de cent livres par an. Que fit ledit beau-père pour l'empêcher de se marier ? Il commença, c'est la règle, par lui interdire de sortir et d'aller avec des garçons de son âge. Il ne tarda pas à découvrir que cette interdiction ne serait pas éternellement valable : elle se rebella, fit valoir ses droits, et finalement annonça son intention de se rendre à un certain bal. Quelle idée germa alors dans l'esprit fertile du beau-père ? Oh ! il est plus logique de la porter au crédit de sa tête que de son cœur ! Avec la complicité et l'aide de sa femme, il se déguisa : il masqua ses yeux vifs derrière des lunettes teintées, il se para de favoris postiches ; il mua cette voix claire en un chuchotement doucereux, et, profitant de la myopie de sa belle-fille, il apparut sous les traits de M. Hosmer Angel : ainsi éloignait-il les amoureux en jouant lui-même l'amoureux passionné.

– Au début, il ne s'agissait que d'une farce ! gémit notre visiteur. Nous n'avions jamais pensé qu'elle s'enflammerait aussi facilement.

– Peut-être. Quoi qu'il en soit, la jeune fille s'est enflammée comme elle croyait son beau-père en France, l'idée d'une supercherie n'effleura jamais son esprit. Elle était flattée par les attentions du gentleman, et cette sorte de vanité qu'elle en tirait était encore renforcée par l'admiration hautement laudative de la mère.

« M. Hosmer Angel dut alors se déclarer : l'affaire pouvait aller aussi loin qu'il le souhaitait. Il y eut des rencontres, des fiançailles : si bien que toute la capacité affective et amoureuse de la jeune fille se trouvait concentrée sur ce faux objet de tendresse. La tromperie ne pouvait cependant pas se prolonger indéfiniment. Que restait-il à faire ? Rien d'autre que de brusquer la conclusion de l'affaire d'une manière si dramatique que la jeune fille en demeurerait profondément impressionnée : assez du moins pour écarter à l'avenir tous les soupirants possibles. D'où ce serment de fidélité sur la Bible ; d'où, également, ces allusions à une éventualité quelconque le matin même des noces. James Windibank tenait à ce que Mlle Mary Sutherland fût si amoureuse de Hosmer Angel, et si incertaine quant à son sort, que pendant les dix prochaines années elle n'écoutât point d'autre homme. Il la mena jusqu'à la porte de l'église ; là, comme il ne pouvait aller plus loin, il s'évanouit... C'est un vieux truc de se glisser hors d'un fiacre par la porte opposée à celle par laquelle on est entré ! Me suis-je trompé sur le cours de l'enchaînement des circonstances, monsieur Windibank ? »

Notre visiteur avait repris un peu d'assurance pendant le monologue de Holmes. Il se leva : son pâle visage ricanait.

« Vous ne vous êtes peut-être pas trompé, monsieur Holmes, dit-il. Mais puisque vous êtes si malin, vous devriez savoir que si quelqu'un est en contravention avec la loi à présent, c'est vous, et non moi. Depuis le début, je n'ai rien commis qui intéresse la justice. Mais vous, aussi longtemps que vous tiendrez cette porte fermée à clé, vous tombez sous le coup d'une plainte pour violence et séquestration arbitraires.

– Comme vous dites, vous n'êtes pas en contravention avec la loi, dit Holmes en ouvrant la porte toute grande. Et cependant vous méritez la punition la plus cruelle : si la jeune fille avait un frère ou un ami, vous seriez châtié à coups de fouet !... »

Comme le ricanement de l'homme s'accentuait, Sherlock Holmes rougit de colère.

« Cela ne fait pas partie des services que je rends à mes clients, mais voici un joli stick de chasse, et vous allez en goûter... »

Il saisit son stick, mais avant qu'il eût eu le temps de l'empoigner, il entendit une dégringolade dans l'escalier : la lourde porte de l'entrée claqua ; de la fenêtre, nous aperçûmes M. James Windibank qui dévalait la rue à toutes jambes.

« C'est un coquin à sang-froid ! » proclama Holmes.

Il éclata de rire et se jeta dans son fauteuil.

« Ce type, déclara-t-il, ira loin : de crime en crime, jusqu'à ce qu'il finisse à la potence ! C'est pourquoi cette affaire n'était pas tout à fait dénuée d'intérêt.

– Tout de même, dis-je, je n'ai pas suivi parfaitement la marche de vos déductions.

– Allons ! Depuis le début il était clair que ce M. Hosmer Angel avait une bonne raison pour se comporter aussi bizarrement. Clair également que le seul qui eût profité des événements était le beau-père. Or jamais les deux hommes ne se sont trouvés ensemble. Il y en avait un qui apparaissait quand l'autre disparaissait : c'était déjà une indication ! Et puis les lunettes teintées, la voix particulière : deux maquillages, comme les favoris... Mes soupçons furent confirmés par la signature tapée à la machine ; il s'agissait de cacher une écriture, trop familière pour que la jeune fille ne la reconnût point à quelque signe. Tous ces détails isolés, rassemblés et combinés à d'autres moins évidents, me conduisaient dans une seule et même direction.

– Et comment les avez-vous vérifiés ?

– Ayant détecté mon homme, rien n'était plus facile que de réunir des preuves. Je connaissais la société pour qui il travaillait. Je possédais son portrait, paru dans un journal. Je commençai par éliminer tout ce qui pouvait être le produit d'un déguisement : les favoris, les lunettes, la voix. Je l'envoyai à la société, en demandant qu'elle ait l'obligeance de m'avertir si ce signalement correspondait à l'un de ses représentants. Déjà j'avais relevé les particularités de la machine à écrire, et j'écrivis à mon bonhomme une lettre, adressée à sa société, le priant de passer me voir. Comme je m'y attendais, il me répondit par une lettre tapée à la machine à écrire, et cette lettre présentait les défauts caractéristiques que j'avais relevés sur les autres. Le même courrier m'apporta une lettre de Westhouse & Marbank, de Fenchurch Street, qui me confirmait que la description que j'avais faite répondait trait pour trait à celle de leur représentant, M. James Windibank. Voilà tout !

– Et Mlle Sutherland ?

– Si je lui dis la vérité, elle ne me croira pas. Vous rappelez-vous le vieux proverbe persan ? "Il risque gros, celui qui arrache à une tigresse son petit ! Mais celui qui ôte à une femme ses illusions risque davantage." Dans Hâfiz, il y a autant de sagesse que dans Horace, et une connaissance des humains aussi profonde ! »

Toutes les aventures de Sherlock Holmes

Liste des quatre romans et cinquante-six nouvelles qui constituent les aventures de Sherlock Holmes, publiées par Sir Arthur Conan Doyle entre 1887 et 1927.

Romans

* Une Étude en Rouge (novembre 1887)
* Le Signe des Quatre (février 1890)
* Le Chien des Baskerville (août 1901 à mai 1902)
* La Vallée de la Peur (sept 1914 à mai 1915)

Les Aventures de Sherlock Holmes

* Un Scandale en Bohême (juillet 1891)
* La Ligue des Rouquins (août 1891)
* Une Affaire d'Identité (septembre 1891)
* Le Mystère de Val Boscombe (octobre 1891)
* Les Cinq Pépins d'Orange (novembre 1891)
* L'Homme à la Lèvre Tordue (décembre 1891)
* L'Escarboucle Bleue (janvier 1892)
* Le Ruban Moucheté (février 1892)
* Le Pouce de l'Ingénieur (mars 1892)
* Un Aristocrate Célibataire (avril 1892)
* Le Diadème de Beryls (mai 1892)
* Les Hêtres Rouges (juin 1892)

Les Mémoires de Sherlock Holmes

* Flamme d'Argent (décembre 1892)
* La Boite en Carton (janvier 1893)
* La Figure Jaune (février 1893)
* L'Employé de l'Agent de Change (mars 1893)
* Le Gloria-Scott (avril 1893)
* Le Rituel des Musgrave (mai 1893)
* Les Propriétaires de Reigate (juin 1893)

* Le Tordu (juillet 1893)
* Le Pensionnaire en Traitement (août 1893)
* L'Interprète Grec (septembre 1893)
* Le Traité Naval (octobre / novembre 1893)
* Le Dernier Problème (décembre 1893)

Le Retour de Sherlock Holmes

* La Maison Vide (26 septembre 1903)
* L'Entrepreneur de Norwood (31 octobre 1903)
* Les Hommes Dansants (décembre 1903)
* La Cycliste Solitaire (26 décembre 1903)
* L'École du prieuré (30 janvier 1904)
* Peter le Noir (27 février 1904)
* Charles Auguste Milverton (26 mars 1904)
* Les Six Napoléons (30 avril 1904)
* Les Trois Étudiants (juin 1904)
* Le Pince-Nez en Or (juillet 1904)
* Un Trois-Quarts a été perdu (août 1904)
* Le Manoir de L'Abbaye (septembre 1904)
* La Deuxième Tâche (décembre 1904)

Son Dernier Coup d'Archet

* L'aventure de Wisteria Lodge (15 août 1908)
* Les Plans du Bruce-Partington (décembre 1908)
* Le Pied du Diable (décembre 1910)
* Le Cercle Rouge (mars/avril 1911)
* La Disparition de Lady Frances Carfax (décembre 1911)
* Le détective agonisant (22 novembre 1913)
* Son Dernier Coup d'Archet (septembre 1917)

Les Archives de Sherlock Holmes

* La Pierre de Mazarin (octobre 1921)
* Le Problème du Pont de Thor (février et mars 1922)
* L'Homme qui Grimpait (mars 1923)

* Le Vampire du Sussex (janvier 1924)
* Les Trois Garrideb (25 octobre 1924)
* L'Illustre Client (8 novembre 1924)
* Les Trois Pignons (18 septembre 1926)
* Le Soldat Blanchi (16 octobre 1926)
* La Crinière du Lion (27 novembre 1926)
* Le Marchand de Couleurs Retiré des Affaires (18 décembre. 1926)
* La Pensionnaire Voilée (22 janvier 1927)
* L'Aventure de Shoscombe Old Place (5 mars 1927)